PAROLES

ADRESSÉES

PAR UN PRÊTRE POLONAIS

A SES COMPAGNONS D'EXIL.

MARSEILLE,

MARIUS OLIVE, IMPRIMEUR DE MGR. L'ÉVÊQUE,
Rue Paradis, 47.

1841.

AVANT-PROPOS.

Jadis soldat, je combatis sur terre et sur mer, poursuivant la gloire à travers mille dangers : mais des lauriers vains et périssables pouvaient-ils rassasier un cœur qu'enflamme le désir d'être heureux ? Je renonçai donc à la gloire et aux armes pour entrer dans la vigne du Seigneur, et devenu prêtre, je consacrai ma vie à combattre l'impiété et à propager dans les cœurs le règne de Dieu et l'amour de son Fils, notre adorable Rédempteur.

Chassé aujourd'hui du foyer de nos pères, en proie aux loisirs d'un long et fâcheux exil, pour consoler mes compagnons d'infortunes, mes amis, mes frères, je leur adresse ces quelques lignes ; destinant à tous les paroles d'édification qu'elles renferment, et aux plus pauvres d'entre eux, le léger profit qui pourra en revenir.

REMARQUE. — Ce discours sera bientôt traduit en anglais. L'auteur prie ceux qui voudraient le traduire en d'autres langues de n'y faire aucun changement. Nous destinons les bénéfices que pourra produire la vente à l'Œuvre de la Propagation de la Foi ou à tout autre Œuvre du même genre.

A la Société des Dames Polonaises à Paris.

Estimables Polonaises, ainsi que les abeilles qui, quoique chassées par la violence de l'homme de leur ruche maternelle, n'en composent pas moins leur miel, vous, exilées de notre pays natal et dispersées avec nous dans le monde, ne cessez pourtant pas de vous livrer à des travaux utiles à l'effet d'en offrir le profit à vos compagnons d'infortune et soulager le malheur. Vous avez parfaitement compris que le père céleste, véritablement jaloux du bonheur de ses enfants, pourra seul vous accorder la récompense de vos bienfaits et dans ce monde et dans l'autre. Vos actions généreuses sont le plus bel éloge de sa providence. Ces mains, jadis habituées à broder pour orner les temples du Seigneur, se livrent aujourd'hui à des travaux plus pénibles pour soulager leurs compatriotes. Il fut un jour cependant où la faiblesse de votre sexe, soutenue par une force morale qui me semblait au-dessus de la nature, fit prendre à ces mêmes mains la bêche destinée à creuser des fossés, élever des remparts pour la défense de Varsovie. Ces mains, tantôt occupées à soigner les malades dans les hôpitaux, ont su aussi manier l'épée pour la foi et l'honneur de la patrie.

Daignez m'excuser, Mesdames, si, malgré la haute estime que m'inspirent vos mérites, vos vertus et vos talents, j'oublie un instant vos personnes pour vous parler de moi, vous faire connaître qui je suis et ce que mon devoir, ce que ma conscience me commandent de vous dire.

Avant d'être prêtre, je suis Polonais, homme libre ; et comme le sacerdoce ne peut être choisi que par suite de l'intention sincère d'être utile au public, de même la sainteté des devoirs de cet état loin d'éteindre le desir de servir la patrie, l'excite au contraire davantage par des moyens plus élevés.

Je vous rappelle les paroles prononcées par monseigneur le primat Waronicz, renfermant de sages conseils, je vous donne les mêmes conseils et je partage la confiance qui anime l'agriculteur ; j'espère comme lui retirer d'abondantes moissons d'une semence confiée à une heureuse terre.

Je sais que vos moyens trop insuffisants, ne sont point proportionnés à vos besoins, mais il faut avoir confiance dans le Seigneur ; il vous a donné de bonnes qualités et ne vous abandonnera point dans la détresse.

Les jeunes Polonaises sont avant tout dignes de votre sollicitude car elles sont filles de la même patrie, et avec le temps, elles pourront devenir mères.

Vous devez d'abord leur ouvrir l'entrée des pensionnats pour leur donner une instruction solide et inculquer dans leurs jeunes esprits de bons principes.

Je ferai le même appel aux dames françaises des villes où résident de jeunes Polonaises.

Ces dames n'ont point éprouvé les mêmes rigueurs du sort, mais elles vous égalent en sentiments généreux, elles sont pleines de bonne volonté pour nous, elles s'empressent de vous venir en aide.

Il n'y a que deux jeunes Polonaises à Marseille, filles du colonel N. N. L'aînée est âgée de onze ans, la cadette n'en a que six. Le père a voulu mettre en pension sa fille aînée : on lui a demandé 60 fr. par mois; il n'en a offert que 30, et cette dernière somme est encore trop au-dessus de ses moyens. Les dames de Marseille l'ignorent sans doute.

En vous occupant du sort de ces jeunes personnes, vous ménageriez à ces dames l'occasion de faire une bonne action. C'est pourquoi je vous prie de les prévenir.

Fortifiés par la grâce de Dieu, élevant vers lui tous les jours notre cœur et nos pensées, et le conjurant d'exaucer nos prières, rejetterons-nous celles de nos frères que le Seigneur nous a recommandé d'aimer comme nous-mêmes? Ces dernières prières peuvent-elles être comparées à celles que nous adressons souvent au Tout-Puissant pour des besoins purement temporels? Les choses de ce monde valent-elles mieux que ce qui assure le salut éternel?

Le temps fuit, l'éternité nous attend, nous y arriverons bientôt; Dieu fasse que ce ne soit pas les mains vides! Réfléchissez-y bien pour que nous n'ayons pas à redouter l'examen du compte que les uns et les autres devrons rendre à Dieu.

L'abbé DLUSKI,
Curé de Nowogrodek, diocèse de Wilna.

Cette lettre a déjà une date ancienne; je la mets en tête de ce livre pour prouver l'estime que je porte à ceux qui, tout en servant Dieu, viennent en aide à leurs frères qui sont dans le besoin.

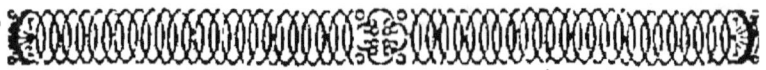

PAROLES
ADRESSÉES PAR UN PRÊTRE POLONAIS
A SES COMPAGNONS D'EXIL.

Au nom de celui qui m'a créé, de celui qui m'a racheté et qui m'a éclairé, moi, ver de terre et poussière, qui ne suis qu'un pélerin égaré, mais dont la destinée n'est pas moins grande, car elle est celle d'un être fait à la ressemblance de Dieu, pour jouir d'une bienheureuse éternité; je tourne mes regards vers cette patrie céleste qui m'attend, et je dirige vers elle tout mon cœur et toute mon âme.

Les années de notre vie se sont écoulées, comme si elles n'avaient pas existé. Le présent nous apparaît comme l'origine d'une nouvelle vie. L'année qui s'en va touche de près celle qui va venir, et le temps passé se perd insensiblement dans le présent; de sorte que nous ne pouvons point saisir ce passage : nous savons seulement que tout passe, et que beaucoup de faits accomplis se perdent et se perdront dans la mémoire de l'homme, sans pouvoir être cependant perdus dans l'éternité.

On juge ici-bas les faits accomplis, selon l'esprit borné de l'homme, mais on ignore comment ils seront jugés par le juge suprême.

« Je m'en vais chez mon père, dit le Sauveur

du monde, pour que vous soyez là où je suis. »
C'est donc lui qui nous indiqua le but vers lequel
nous devons tendre et le bonheur auquel nous
sommes appelés : c'est donc là notre véritable patrie.

Enfants du Seigneur, aimons-nous les uns les
autres et prions pour nos ennemis communs, afin
que Dieu nous pardonne aussi nos péchés. Après
notre dernière défaite, nous nous sommes vus
désarmés et nous nous trouvâmes entre les mains
de nos ennemis comme les Philistins vaincus par
Samson. Un mot de pardon et d'amnistie pro-
noncé par l'autocrate, aurait détruit peut-être pour
toujours l'existence politique de la Pologne; mais
Dieu, défenseur des droits de la justice, en aurait
disposé autrement, et il aveugla nos ennemis sur
leur propre intérêt. Dieu nous dispersa dans toutes
les parties du monde, sans moyens et sans appui,
et partout cependant nous trouvâmes une sympathie
vraie et sensible, et partout on nous offrit une
hospitalité sincère. Que nous manque-t-il ? Souvent nous nous trouvons mieux que chez notre
mère. L'homme dans le cœur duquel Dieu a
choisi sa demeure, ne peut connaître le malheur;
il ne souffre jamais; il est toujours content; il a
toujours assez de ce qu'il a; car Dieu est son sou-
tien et son aliment; et, quoique la fortune le per-
sécute, il ne fait que s'en réjouir davantage dans
l'assurance qu'il est aimé de Dieu, puisque c'est
surtout à ceux qu'il aime que Dieu envoie des
croix et des tribulations.

Oh! que l'ingratitude est grande de ceux d'entre
nous qui ne reconnaissent point dans toutes ces
grâces la main providentielle qui nous les départ!
Si nos frères, dans le pays, portent aujourd'hui
le triste joug de l'esclavage, c'est encore un bien-

fait de la miséricorde divine, parce que nous devons envisager ces souffrances comme une expiation nécessaire pour tant de fautes commises. Après quoi, espérons que Dieu fera naître des cendres de nos pères de nouveaux défenseurs, qui, après avoir brisé les fers d'un vil despotisme, réédifieront la Pologne sur des bases antiques, c'est-à-dire, sur l'Evangile qui fut toujours son unique principe constituant. Oui, espérons en Dieu, car c'est de lui seul que dépend le salut de notre patrie; et ce n'est que lui qui suscitera les hommes qui doivent être un jour les instruments de sa miséricorde.

Jadis de pauvres pêcheurs, timides et ignorants, devinrent, par la volonté de Dieu, les plus zélés et courageux apôtres du Seigneur, et, éclairés par le Saint-Esprit, ils allèrent prêcher l'Evangile de Jésus-Christ en toutes les langues, et toutes les nations. Ces intrépides envoyés de Dieu, bravèrent la mort et les supplices pour remplir leur mission, et ils se glorifiaient des persécutions et des humiliations qu'ils enduraient pour l'honneur de leur Divin maître.

Cet exemple nous prouve que celui qui aime Dieu, sait et connaît tout ce qu'il lui importe de savoir et de connaître; tandis que, sans l'amour de Dieu, toute science peut devenir plus nuisible qu'utile. Et certes que servirait à l'homme de tout connaître et de tout savoir, s'il devait perdre son âme. Rappelez-vous, mes frères, que dans le temps des persécutions pour la foi, Dieu donna aux femmes et aux enfants même un courage et une résignation si sublime, que les bourreaux même s'écriaient dans leur étonnement : « Qui peut donner à des êtres si faibles un courage si héroïque

et les faire mourir pour leur foi avec tant de résignation ? » Cela doit nous convaincre que la
religion prend sa source en Dieu, et non pas dans
l'homme ; car l'homme par lui-même serait inca-
pable de tant de dévouement.

Mes frères d'exil, il n'y a peut-être personne qui
vous ait dit les vérités que je vous expose ; mais
comme prêtre, je m'y vois obligé ; toutes les con-
sidérations humaines me sont indifférentes, et je
ne cède en cela qu'à la voix de Dieu qui me l'or-
donne. Je désire vous faire connaître Dieu et ses
divins préceptes ; si vous les suivez, vous serez
sauvés ; si vous les rejetez, Dieu aussi vous rejet-
tera. Comme N. S. J.-C. s'est sacrifié tout entier
pour nous retirer de la voie de perdition, nous
devons aussi nous sacrifier en entier pour sa gloire
et pour celle de son Eglise. C'est pourquoi nous
devons être prêts à combattre et à sacrifier notre
vie pour l'intégrité, l'unité et la perpétuité de
l'église catholique, romaine et apostolique.

Un dévouement vraiment chrétien a porté notre
ardente jeunesse à combattre dans les rues de
Varsovie, l'ennemi de notre foi et de notre natio-
nalité au jour du 29 novembre dont nous célébrons
aujourd'hui l'anniversaire, et si tous les émigrés
Polonais, dissiminés sur le globe, sanctifiaient ce
jour par la prière, se confiant en la divine Providence, on pourrait espérer que Dieu ne tarderait
pas à venir à notre secours, et qu'il ferait connaître
aux nations voisines que leur sécurité et leur repos
dépendent du rétablissement de la Pologne. En
même-temps, Dieu, excitant de nobles sentiments
dans le cœur des peuples et de leurs gouverne-
ments, les portera à s'intéresser au sort de la Pologne, de cette noble victime gémissant sous le

despotisme des trois cours alliées, parce que ce n'est que la loi de Dieu qui commande le dévouement, et qui fait qu'on se sacrifie soi-même pour le salut du prochain. C'est l'amour de Dieu qui sauva les trois jeunes gens dont parle l'Ecriture Sainte et qui avaient été jetés dans la fournaise ardente. C'est le même sentiment qui a sauvé Daniel dans la fosse aux lions. Ainsi donc, l'homme dans le cœur duquel l'amour de Dieu vient s'éteindre, n'est-il pas plus brute que la brute même. Qui sait si, dépourvus de ce feu nous ne serions point devenus semblables aux païens? que de fois notre malice nous porte à être jaloux du bien-être ou de la réputation de notre prochain? que de fois ne poursuivons-nous point des plaisirs dépravés? que de fois, pour jouir des grandeurs de ce monde, ne sacrifions-nous point notre salut et les intérêts de nos frères? que de fois n'employons-nous pas l'aumône due à la veuve ou à l'orphelin en festins ou en luxe déréglé? Souvent même le pauvre qui n'a d'autre crime que sa pauvreté, est tenu sous le verrou et traité comme un voleur. Le riche se baigne dans l'or tandis que Lazare meurt sur le seuil de sa porte.

O! que les sentiers du monde sont tortueux et combien ils nous empêchent de suivre Dieu! qu'ils sont amers les courts instants de notre vie en comparaison des délices de l'éternelle patrie! Bien souvent préoccupé de cette idée, je cours à l'église, saisi d'une sainte frayeur. Comment concevoir qu'un pécheur comme moi puisse se livrer à ces sublimes idées et mériter un jour la couronne de la bienheureuse immortalité. Hélas! j'ai commencé trop tard à aimer Dieu, et je dirai même, aimer bien faiblement; car, malgré que mon esprit s'élève vers Dieu, la chair me retient cloué à la terre. Que vous êtes heureux, ô jeunes gens dont l'âme se nourrit de la science qui nous conduit à l'amour de Dieu ! La science qui apprend à souffrir, à servir son prochain pour l'amour de Dieu, est la seule vraiment solide ; car, soyons-en bien persuadés, il n'y a que le bien que nous faisons aux autres qui nous est méritoire. Quant à nos tentations, nous ne pouvons mieux les combattre que par la prière. Ainsi donc que notre foi et notre amour soient soutenus par la prière, c'est elle qui nous adoucira nos maux et qui nous fera triompher du monde et de ses pompes ; même si par hasard vous vous écartiez du bon chemin, la prière vous ramènera sur la voie du salut. Nous désirons la paix et le bonheur sur la terre, préparons-nous donc toujours à la guerre, ayant de la foi, de l'espérance et de la charité, afin que nous puissions repousser avec plus de vigueur et d'efficacité les attaques des ennemis de l'âme qui sont le démon, le monde et la chair : c'est ainsi qu'il nous faut faire, car autrement nous ne serons pas du nombre des élus. Que les feux sacrés de foi et de l'amour enflamment vos cœurs et descendent sur vous, mes frères, comme jadis ils descendirent sur l'offrande d'Abel. Par notre exemple nous pourrons aussi plus facilement exciter les autres à l'amour et à la charité, comme un laboureur qui, jetant sur une terre fertile une graine choisie, compte, à juste titre, sur une bonne récolte : « *Petite et dabitur vobis* », demandez et il vous sera donné. Prions donc, mais prions comme Abel qui fut juste toute sa vie. Prions comme pria sainte Magdelaine expiant ses péchés. Prions ainsi et nous serons exaucés. « *Pulsate et aperietur vobis* », frappez et il sera ouvert. Prions donc tous ensemble et que nos cœurs soient unis dans la prière. Je désire que ma parole, qui est celle d'un ministre de Dieu, soit pour vous comme la parole adressée à la créature par le créateur; car ce ne sont point mes idées que je vous propose, mais je vous transmets les paroles de Dieu même. Considérez bien ce que je viens de vous dire: si vous le négligiez vous en seriez un jour responsable devant Dieu. En qualité de prêtre, j'arrêterai votre attention sur l'église et sur son chef. Dieu en créant l'homme lui a fait connaître le principe du mal et du bien, et il fonda son église sur le cœur de l'homme. Tous les hommes qui furent, qui sont et qui seront, ceux qui vivent et qui sont morts, les habitants de ce monde et de l'autre, forment entre eux une unité indivisible, parce que tous ont la même origine, tous sont enfants du même père céleste, créateur de l'univers; enfin, tous sont destinés pour l'immortalité. « Il n'y a qu'un Dieu, père de tous, qui est au-dessus de tout et qui réside en nous tous ». Ainsi, c'est sur cette généralité, qui est en même-temps unité, que Dieu fonda son Eglise. Moïse reçut des lois de la main de Dieu, et J.-C. vint nous les apporter lui-même, et par sa crèche, ainsi que par sa croix, il fit resplendir l'Eglise de Dieu d'une lumière céleste. En envisageant l'Eglise du point de vue historique, elle a 6,000 ans de durée, et les prophéties se sont accomplies admirablement et à la lettre dans le Nouveau-Testament, telles qu'elles parlent dans l'ancien; mais en contemplant l'Eglise du point de vue métaphysique, l'Eglise du Seigneur ne peut avoir ni de commencement, ni de fin, parce que c'est Dieu lui-même qui est la base de son Eglise; il est la force, et l'Eglise est son habitation, et l'agneau sans tâche est lui-même le flambeau qui l'éclaire. L'Esprit de Dieu gouverne l'Eglise, et en fait un second Ciel étincelant de lumière, jusqu'à la fin des temps. C'est l'Eglise qui éclaire les hommes, et, à mesure qu'ils suivent ou qu'ils violent ses préceptes, ils sont ou sauvés ou damnés. L'Eglise, envisagée sous le point de vue mystique, possède les mêmes attributs que le monde matériel; elle a son rayon de lumière comme la terre à son soleil; elle a ses diamants, ses perles, ses métaux, ses plantes et ses fleurs.

Les Sacrements sont comme des fleuves ou des canaux qui nous communiquent les grâces divines et dont le cours n'est jamais rétrograde, à moins que la malice de l'homme n'oppose une digue à leur passage. Quand nous nous approchons dignement des Sacrements, nous nous rapprochons de Dieu lui-même, et nous obtenons la grâce de remplir saintement les devoirs de notre état. Mais si nous nous en approchons indignement, ils produisent en nous plus de mal que de bien. La prière ressemble au parfum de l'encens, et les bonnes œuvres peuvent être comparées aux fruits les plus délicieux que la terre puisse produire. Les ministres de l'Eglise sont comme les astres qui nous guident et qui nous éclairent.

Voilà donc cet admirable enchaînement des œuvres de la Providence : l'harmonie établie entre la matière et l'esprit, fait que le monde matériel nous conduit lui-même vers des contemplations spirituelles; et ce qui est visible nous conduit à l'invisible, afin que tout ce qui existe glorifie Dieu dans le ciel.

Envisageant cet ordre admirable qui existe entre les membres visibles de J.-C., on pourrait dire que dans le même instant donné, il n'y a qu'un seul qui prie, un seul qui gouverne, un seul qui agit; car tout est fondé sur l'unité, comme sur un ressort qui n'est mu que par Dieu et par son Esprit-saint.

Ainsi donc, les parties qui veulent se détacher de l'unité de l'Eglise, sont comme des parties de Caïn, le meurtrier, qui, voyant d'un œil jaloux les vertus de son frère, se décida à commettre le premier crime de meurtre.

Le saint Père Clément XIV, s'énonce ainsi en parlant de l'Eglise : «L'Eglise est comme un grand arbre dont la cime touche les cieux, et dont les racines viennent s'étendre au bas d'un précipice. Ainsi, aucune tempête ne saurait l'abattre.» On pourrait dire encore beaucoup sur l'Eglise et sa constitution; mais pour le moment, je ne dirai que ce qui est essentiel pour le salut de vos âmes.

L'autorité de ce chef suprême, soutenue par une force et une grâce invisible, est la même qui fut instituée par N. S. J.-C.; elle n'a jamais été entravée; et, par une succession spirituelle, elle doit se perpétuer jusqu'à la fin des siècles, et elle sera toujours la même, car c'est toi, ô mon Dieu ! qui l'as voulu ainsi; c'est toi qui as dit à tes Apôtres : «Allez, instruisez les nations, les apprenant à observer toutes choses : voilà que je suis tous les jours avec vous jusqu'à la consommation des siècles.» MATH. XXVIII.

Et quoique la dépravation du siècle tende à jeter son ombre sur la clarté de l'Eglise, cependant elle reparaît toujours plus brillante et plus lumineuse. Si l'homme n'avait point de libre arbitre, s'il ne pouvait choisir entre le bien et le mal, il n'aurait plus aucun mérite, il n'y aurait plus ni récompense pour la vertu, ni punition pour le méchant. Dès-lors les miracles des saints auraient été inutiles, les martyrs auraient combattu à pure perte. L'homme ne serait plus qu'une vile machine semblable en tout aux animaux dépourvus d'intelligence. La lutte continuelle du vice avec la vertu, de la chair avec l'esprit, du monde et du démon avec la vérité, est aussi nécessaire à la vie spirituelle de l'homme, que le sommeil et la nourriture le sont à sa vie corporelle. Nous vivons au milieu de mille épreuves, qui sont autant de moyens de mériter que la Providence nous ménage. De même que la piété et les vertus ne peuvent rien ajouter à l'éclat de l'Eglise, ainsi l'impiété et les vices des hommes ne peuvent rien contre elle. L'Eglise n'a besoin ni de soleil, ni de lune pour être éclairée; car c'est Dieu lui-même qui l'habite, et l'Agneau sans tâche est son flambeau (*Apocalyse de saint Jean.*) Quiconque se plaint donc d'une telle autorité, se plaint de Dieu lui-même, et on peut dire, à juste titre, que celui qui n'écoute point l'Eglise est un homme qui a perdu la raison.

Le chef suprême de l'Eglise, appuyé par la grâce invincible, ne cesse de prêcher par tout l'univers la liberté qui nous est garantie par l'Evangile, cette loi imprescriptible de J.-C. « Aimez Dieu de tout votre cœur, de toute votre âme, de toutes vos forces, et votre prochain comme vous-même ». Voilà la base de la liberté humaine, et le fondement d'un bonheur éternel et même temporel, base unique, car il n'y a qu'un seul Dieu aux cieux. Eh bien! comme il n'y a qu'un Dieu, qu'une base sur laquelle toutes les lois reposent, il n'y a aussi qu'un chef visible de l'Eglise, qui est le Souverain Pontife notre saint Père le Pape, à Rome; et il n'y a,

selon l'Ecriture, qu'un bercail et qu'un pasteur.
Ainsi toutes les nations qui ne reconnaissent point
le seul chef et la seule autorité légitime qui est
dans l'Eglise, ne sauraient être libres, parce que la
liberté a sa source en Dieu, comme le despotisme
nous vient de Satan. Je crois plus fermement cette
vérité que je crois à ma propre existence, parce
que mes sens peuvent me tromper, et que la loi de
Dieu ne peut m'induire en erreur. Dieu ne peut se
tromper, autrement il cesserait d'être Dieu; s'il
nous paraît qu'il s'était trompé dans ses décrets sur
notre patrie, c'est précisément une preuve de son
infaillibilité; car celui qui a caché à nos yeux les
motifs pour lesquels il agit, est nécessairement
plus grand que celui aux yeux de qui ces motifs furent cachés. Et le Créateur est plus grand
que la créature. — Celui donc qui saurait dévoiler
ce que le Créateur a voulu cacher à la créature,
serait lui-même la Divinité, ce qui est impossible.
Je suis l'*Alpha* et l'*Oméga*, le commencement et
la fin (a dit le Seigneur dans l'Apocalypse de saint
Jean.) On voit donc que Dieu est infini; mais
l'homme est un être fini sur cette terre. Et ce n'est
que dans l'éternité que son existence doit être infinie. — C'est là, et non pas ici qu'il pourra voir la
vérité infaillible. — Mais celui qui ne croira pas en
Dieu, tant qu'il est sur la terre, ne le verra point
dans les cieux, et sera repoussé par le juge suprême. Ici-bas nous formons une seule et même Eglise;
et les différences qui existent entre les diverses
religions et croyances, sont les mêmes que celles
qui ont lieu entre la vertu et le vice. Toute la nature obéit à son Créateur. La terre produit ses
fruits, l'eau l'arrose, le soleil l'éclaire conjointe-
ment avec les millions d'astres parsemés dans le

firmament, et tout concours harmonieusement à
rendre la vie de l'homme heureuse et agréable au
milieu de l'immensité de la création, il n'y a que
l'homme pélerin égaré, destiné à la vie éternelle,
qui cherche l'origine des choses et leur fin il veut
tout comprendre, tout connaître et tout gouver-
ner par lui-même; il fait mille recherches sans
rien découvrir; il croit avoir appris ce qu'il n'ap-
prendra jamais ici-bas. Les plus ignorants sont
précisément ceux qui croient avoir le plus de con-
naissances; ce sont ceux qui dédaignent les vérités
de la religion; et par ce moyen, ils forgent pour
eux-mêmes et pour les autres, les fers de l'esclavage. Il n'y a qu'une science qu'il est indispensable
pour l'homme d'acquérir, c'est celle de connaître
sont propre néant et la majesté infinie de Dieu,
d'aimer Dieu et d'obéir à ses lois suprêmes, c'est-
à-dire, croire et suivre ce que Dieu nous prescrit
et ce que l'Eglise sainte, catholique, romaine nous
commande dans ses décisions infaillibles. Gardons-
nous de vouloir trop approfondir les mystères de
la foi qui resteront toujours inaccessibles à notre
esprit, car ces mystères de la foi sont l'œuvre de
Dieu et non pas des hommes. Heureux celui qui
est né dans cette religion, mais bien malheureux
est celui, qui en lui appartenant, ne suit point ses
préceptes. Soyons donc unis en Dieu, mes frères,
c'est-à-dire, par une vraie et sincère charité, si
nous voulons resserrer et rendre indissolubles les
nœuds qui nous joignent ensemble. Allons de con-
cert et dans un même esprit à ce Dieu avec qui
nous pouvons tout, et sans qui nous ne pouvons
rien. Avançons avec bonne foi et droiture de cœur
dans les voies de la vérité, et, pleins de contritions
pour nos fautes passées, approchons du tribunal

de la pénitence pour nous laver de nos péchés; car, croyez-moi, dès que nous aurons purifié notre conscience, Dieu nous donnera les forces nécessaires pour vaincre notre ennemi. Armons-nous d'une sainte résolution contre tous les ennemis de notre âme, et Dieu sera avec nous. — Et qui pourrait donc mettre un obstacle à la volonté de Dieu! Oui, Dieu nous aidera parce qu'il l'a promis; et s'il a pardonné au bon larron sur la croix, il nous pardonnera aussi si nous sommes touchés d'un sincère repentir de nos fautes. Il ne dépend point de moi que vous suiviez mes conseils: Je sais seulement qu'on ne peut être heureux si on transige avec l'infidélité. Lorsque Moïse, ce grand législateur, cet homme éminent, inspiré par l'Esprit-Saint et comblé des faveurs célestes, demandait au Ciel le bonheur pour le troupeau qui lui était confié, il priait que toutes les souffrances de son peuple retombassent sur sa tête, et que le peuple en fut déchargé. — N. S. J.-C. nous donna son sang et sa vie pour notre délivrance. Eh bien! nous, si nous ne versons point notre sang, au moins versons nos larmes pour le salut de nos frères et de nous-mêmes; qu'elles soient un remède pour nos âmes; et que les prières du clergé parviennent jusqu'au trône du Seigneur. Mais à quoi vous serviront nos prières, si vous ne vous convertissez point vous-mêmes à Dieu, mes très-chers frères? Les clefs nous sont données pour vous ouvrir le Ciel, mais nous n'en possédons point pour ouvrir vos cœurs; nous ne pouvons point vous sauver malgré vous.

L'homme est composé d'un corps et d'une âme; le prêtre est institué pour guérir les maladies de l'âme, comme le médecin pour guérir celles du corps ; mais de même que celui-ci ne saurait appliquer un remède efficace à son malade, sans bien connaître au préalable la nature de son mal ; ainsi le prêtre, qui est le véritable médecin de l'âme, doit avoir connaissance des vices qu'il a à combattre et qu'il veut guérir. Il donne l'absolution à ceux qui lui paraissent contrits et vraiment repentants de leurs fautes ; mais il la refuse pour un temps à ceux qu'il ne trouve pas encore assez dignes d'un tel bienfait. Aux uns, il donne pour pénitence l'exercice de quelques vertus opposées à leurs habitudes vicieuses; à d'autres, il impose des privations et des jeûnes, comme moyens auxiliaires de leur guérison spirituelle. En un mot, les Sacrements sont institués afin que les bons avancent dans les voies de la perfection et deviennent meilleurs, et pour que les méchants se corrigent et deviennent bons. Mais, comme parmi les médecins du corps, il peut s'en trouver qui tuent leurs malades au lieu de les guérir, de même il peut se rencontrer des médecins spirituels qui aggravent les maladies de l'âme au lieu d'y porter le remède. Il ne faudrait pourtant pas en conclure qu'on n'a pas besoin de recourir ni aux uns, ni aux autres. Cherchez et vous en trouverez de bons. — Il est d'ailleurs certain que personne ne peut se guérir lui-même dans l'ordre spirituel ; car le remède ne vient point de l'homme, mais de Dieu, par l'homme qui vous l'administre dans les Saints Sacrements.

Ne serons-nous point envoyés, mes frères, parmi les nations voisines et éclairées, comme des abeilles dispersées sur un champ vaste et fleurissant, pour nous nourrir des sucs de la vérité et de la sagesse, et les apporter un jour dans la ruche paternelle, avant que nous soyons appelés à jouir dans une vie meilleure des ineffables délices de l'immortelle patrie? Bientôt nous verrons en réalité ce que nous ne voyons aujourd'hui que par les yeux de la foi; et comme dit l'Ecriture: « Ni l'oreille n'a entendu, ni l'œil compris n'a jamais vu ce que Dieu a préparé aux justes dans la bienheureuse éternité. » Voilà ce que promet N.-S. aux pauvres pélerins qui voyagent dans cette terre d'exil, si toutefois ils se rendent dignes de tant de bonheur par une vie vraiment chrétienne. Mais s'ils vivent en infidèles, arrivés aux portes célestes, ils seront repoussés et foudroyés par ces terribles paroles du Juge Suprême: *« Ite maledicti in ignem œternum. »* Allez, maudits au feu éternel. Admirable Sauveur Jésus, tu étais sans péchés et tu as voulu souffrir pour nous, pécheurs. Oh! que ne dois-je pas souffrir moi-même pour mes propres péchés! et comment pourrai-je me dispenser de mener une vie de pénitence. Grand Dieu, tu descendis des cieux pour nous racheter et pour nous éclairer; et nous, qui tendons vers le bonheur céleste à la faveur de tes mérites, ô combien nous devons t'aimer et t'adorer! nous devons fonder notre bonheur sur celui de notre prochain, car tu l'as ordonné ainsi: *« Petre! Petre! si tu me amas, amas, pasce oves meas. »*

Mes chers frères, prêtres du Seigneur, ces paroles du Sauveur s'adressent principalement à nous. Ah! que je sens moi-même combien il me manque pour travailler à la vigne du Seigneur, et pour semer parmi les hommes cette graine céleste qui doit porter des fruits éternels! Le champ de notre cœur n'est point assez cultivé pour produire une riche récolte. Ici, la plume me tombe des mains;

je me sens attendri; mon cœur bat vivement;
j'entends sonner l'heure qui m'appelle à l'église.
Mes frères, vivez saintement et priez pour moi,
car vos prières me sont bien nécessaires.

CONSEILS
aux pères et mères de famille.

Comme un édifice bâti sur de solides fondements
ne tombe point en ruine, et que ceux qui l'habitent
n'ont point à craindre d'être enfouis sous ses dé-
combres, de même les sociétés qui reposent sur
les bases de la véritable religion, acquièrent cette
solidité et cette force qui leur garantit une longue
durée et une constante prospérité. Dans une société
fondée sur des bases religieuses, il n'y qu'un seul
principe qui gouverne, et, malgré qu'il se trouve
des gens aveuglés qui ne peuvent ou ne veulent
le comprendre, cela n'empêche point que ce ne
soit une vérité incontestable, et nous nous en
convaincrons quand il nous sera permis de con-
templer de plus près le monde spirituel, et de
discerner clairement les choses de Dieu d'avec les
choses humaines. La religion, ou autrement l'E-
glise est l'habitation de Dieu, comme aussi celle
de notre âme immortelle. Il n'y a qu'un principe,
qu'une vraie religion et qu'un Dieu dans les cieux,
comme aussi sur la terre il n'y a qu'une Eglise,
c'est-à-dire, un seul bercail et un seul pasteur.
(Voyez les preuves de cette vérité dans l'article où
je parle du chef suprême de l'Eglise.)

Pères et mères, ces principes doivent former
votre trésor et être l'héritage de vos enfants. La
foi assurera votre bonheur et le leur, même dès ce
bas monde.

Il existe un proverbe dans notre langue qui dit : « La pomme ne tombe pas loin du pommier. » Ainsi vos enfants seront à-peu-près ce que vous êtes, et pour les rendre bons, il faut que vous soyez bons vous-mêmes. D'autres conseils qui vous sont indispensables pour savoir diriger et conduire vos enfants dans de saintes voies, vous seront donnés au saint tribunal de la pénitence. Sans ce sel divin qui est la confession, tout se gâte et tombe en pourriture. C'est la confession qui nous raffermit dans le bien, c'est elle qui est notre consolation dans les afflictions, c'est elle qui humilie l'orgueil, qui fait restitu r ce que l'injustice a ravi ; c'est elle qui change les ennemis en amis, qui enrichit les pauvres, les orphelins et les veuves du superflu des riches ; c'est elle enfin qui nous rapproche de Dieu, et qui, administrée, non pas de la part de l'homme, mais de la part de Dieu par l'homme, est la vraie nourriture de notre âme : « *Quorum remiseritis peccata, remittuntur eis, et quorum retinueritis retenta sunt* ». Ceux à qui vous remettrez leurs péchés, leurs péchés leur seront remis, et ceux dont vous aurez retenu les péchés, leurs péchés leurs seront retenus. Voilà donc les fruits de la confession ; et pour vous, c'est une école où vous apprendrez à aimer Dieu, et à le faire aimer à vos enfants : car, pour enseigner à quelqu'un l'amour de Dieu, il faut commencer par savoir l'aimer soi-même. Pensez-y bien, réfléchissez et convertissez-vous ; car votre salut et celui de vos enfants en dépendent, et malheur à vous si Dieu vient à vous abandonner.

Les gens du monde disent ordinairement que c'est aux prêtres qu'appartient le soin d'enseigner la religion aux enfants. Il est vrai que c'est là un de nos principaux devoirs; mais il faut que les parents nous secondent dans cette tâche aussi pénible qu'importante. Eh! quels succès pourrons-nous attendre de nos instructions, si vos enfants puisaient dans vos conversations, et surtout dans vos exemples, des maximes contraires à celles que nous nous efforçons de leur inculquer pour leur bonheur et pour le vôtre? Vous ne l'ignorez pas, tout vient à l'âme de l'enfant, ou par la vue ou par l'ouïe: pensez-y bien, pères et mères, songez que vos enfants vous regardent et vous observent avec plus d'attention que vous ne les observez vous-mêmes. Le plus souvent les richesses et les plaisirs sont l'objet de toutes les affections de votre cœur. Souvenez-vous donc que vos enfants suivront votre exemple, et qu'ils se nourriront du poison que vous leur offrez.

Hélas! si le Créateur de l'éternelle patrie entrait dans votre maison, vous vous prosterneriez avec vos enfants à ses pieds? Eh bien, Dieu ne demeure-il pas toujours avec nous? Je vous envoie ses conseils. — Le matin, en disant votre prière, ne pensez qu'à Dieu; dans la journée, tout ce que vous faites faites-le bien; que toutes vos actions soient pures comme la rosée du matin; et le soir, en répétant votre prière, réfléchissez bien si votre conscience n'a rien à vous reprocher. En faisant ainsi, vous donnerez bon exemple, et je peux vous assurer que bon grain donnera bon fruit quand il sera semé sur une bonne terre; bonne graine porte bonne récolte. Voulez-vous que vos enfants soient heureux, semez dans leur cœur une bonne semence; et où trouverez-vous cette bonne graine, si ce n'est au tribunal de la pénitence? C'est là que notre cœur s'enrichit de bons conseils applicables aux différents états et aux divers besoins de la vie; ce n'est que là que nous apprenons à aimer Dieu, à le faire aimer et à rechercher avant tout la céleste patrie. Le souvenir de l'immortalité de notre âme nous adoucira les peines de ce monde; il affermira nos pas dans les sentiers de la vertu; et, après nous avoir animé, consolé durant notre court pélérinage, il nous fortifiera contre la crainte de la mort, ce passage si terrible pour les impies, et nous fera surgir au port de l'heureuse éternité, bonheur après lequel nous devons constamment soupirer, et que nous obtiendrons par les mérites du Sauveur notre S. J. C.

PRIÈRE POUR LA PATRIE.

O! Dieu! qui nous permettez de vous appeler notre père, nous sommes vos enfants et par conséquent tous frères. Comme frères, nous avons l'obligation de nous aimer les uns les autres pour vous et en vous; car vous avez gravé vous-même cette loi sacrée dans le cœur de tous les hommes. Mais nous avons manqué à remplir ce divin précepte, c'est pourquoi vous nous avez exilés de nos foyers. Aujourd'hui vous nous voyez convertis et revenus à vous. O mon Dieu! nous espérons que vous aurez pitié de notre misère, et que vous nous ramenerez sous le toît paternel, parce que vous êtes la sagesse, la justice et la miséricorde même. Vous ferez connaître aux autres nations que leur existence dépend du rétablissement de la Pologne. Après nous avoir réintégrés dans nos foyers, par un prodige éclatant de votre Providence, vous nous accorderez la grâce de vous servir avec fidélité sur la terre, pour mériter de vous glorifier éternellement dans le Ciel. Ainsi soit-il.

FIN.